獻給我的愛
山姆

Light 006
我想要一隻狗 JE VEUX UN CHIEN

作者 凱蒂·克羅瑟｜譯者 陳郁雯
選書、編輯 吳文君｜設計 Dinner｜專案統籌 黃禹舜｜業務主任 楊善婷
發行人 賀郁文
出版發行 重版文化整合事業股份有限公司 www.facebook.com/readdpublishing
連絡信箱 service@readdpublishing.com
總經銷 聯合發行股份有限公司｜地址 新北市新店區寶橋路235巷6弄6號2樓
電話（02）2917-8022｜傳真（02）2915-6275｜法律顧問 李柏洋

Original title: Je veux un chien et peu importe lequel
written and illustrated by Kitty Crowther
© 2021, l' école des loisirs, Paris
Published by arrangement with THE GRAYHAWK AGENCY

初版一刷 2023年11月｜定價 新台幣500元｜ISBN 978-626-97639-9-3

JE VEUX UN CHIEN
et peu importe lequel

我想要一隻狗

哪 一 隻 都 好

凱蒂‧克羅瑟 Kitty Crowther 著

陳郁雯 譯

米 莉 ！！！！ 樓梯間傳來一聲大吼。

這位是上學前的米莉小姐，她是三冠小學的學生。

這間私立學校大家擠破了頭都想進去。

米莉不喜歡：

一、早起。

二、學校。

媽媽，我馬上來！米莉終於打點好自己，準備迎接一天中最重要的時刻：早餐時間。

每天早晨，同樣的戲碼都要上演一次。日復一日。

*媽媽？*米莉問道。

*嗯？*媽媽回應了一聲，頭也不抬的盯著報紙。

我可以養一隻狗嗎？

養一隻大狗！像爸爸一樣強壯，可以保護我。
我要叫牠亞伯特，跟爸爸一模一樣！
不行。

養一隻長得跟妳一樣的長毛犬，跟妳一樣溫柔，一樣可愛。

我們可以叫牠迪奧。

就愛耍寶！媽媽一邊笑一邊說。

養一隻很滑稽的狗，名字叫古基。米莉解釋：牠很好笑，跟我差不多。
千萬不要，拜託。媽媽一邊喝咖啡一邊這麼說。

養一隻怪裡怪氣的狗，全世界沒有人了解牠，除了我。

媽媽發出「哧——」的聲音，一邊翻開報紙的下一版。

養一隻跟露賽蒂和喬潔蒂家一樣可笑的狗。

米莉一邊說，一邊做了個鬼臉。

媽媽也做了一個鬼臉：**不行就是不行。**

不然就養一隻好小好小的小小狗，長得超級可愛，

可愛到妳無法對牠說「不」。

不。媽媽一邊回答，一邊闔上報紙。

動起來！上學嘍！她拉著米莉往前走，一邊說：

妳就是我的小狗狗，跟我走！

不好笑。米莉嘀嘀咕咕的抱怨。

學校裡，露賽蒂、喬潔蒂、蕾雅、莫麗賽蒂、茉
德、黛安娜和奧黛蒂聊來聊去都在聊她們的小狗，
狗狗來、狗狗去，小狗來、小狗去。

說定了，這個禮拜天下午四點，石榴果汁蛋糕會！
每個人帶**自己**最喜歡的狗狗，到**汪汪**俱樂部集合。

這間學校
好討厭！

可是到了晚上，傷心取代了憤怒。

關燈睡覺之前，她大聲哭喊：**我想要一隻狗，哪一隻都好。**

大大的淚珠從她的臉頰滑落。

有一天早上，米莉又問了：

媽媽，我可以養一隻狗嗎？

可以！！！
可是我們要去流浪狗之家找牠！

媽媽說：沒錯，米莉，這裡應該就是流浪狗之家。

這些都是被人拋棄的狗嗎？

唉！是的。流浪狗之家的先生嘆了一口氣。

那裡簡直是**狗山狗海！**有體型大的狗、古怪的狗、短毛的狗，也有毛像媽媽的頭髮一樣長的長毛犬。要選哪一隻好呢？

哦，我想要這一隻！

媽媽提了一個問題：

請問這隻老狗狗屬於什麼品種呢？

流浪狗之家的先生回答：

我不是專家，但牠絕對是一隻很美麗的混種犬。

至於是哪一種，只有狗界的神明才知道了。

回到家以後，米莉的媽媽吞了兩顆頭痛藥，米莉吃了晚餐、換上睡衣、刷好牙，然後慎重的坐下來處理一件大事，那就是幫小狗 **取名字**。

和王子共度的第一個夜晚。

第二天：

是誰馬上就要成為這一帶最帥的王子呀？

有些東西王子一點興趣都沒有，
也有些事是牠非常喜歡的，好比晚上的讀書時間。

米莉寶貝，該上床睡覺嘍！走廊傳來媽媽輕柔的呼喚。

媽媽想著，有了這隻狗還真不錯。

終於，大日子來臨了。

露賽蒂驚呼：

哪裡來的鬼東西？

她繼續說：這根本就不是**品種狗**嘛！

奧黛蒂在旁邊偷偷說：牠是雜種狗。

莫麗賽蒂忍不住噗哧一聲笑了出來：

說不定是隻侏儒羊啊，哈哈哈！

蕾雅問：**妳幫牠取了什麼名字？**

王子。米莉的聲音小得像蚊子。

女孩們全體爆出大笑，就連她們的狗好像也在嘶嘶冷笑。

米莉氣得大罵：王子，你給我滾！

你根本不是一隻真正的狗。都是你害的！

王子把長長的藍色緞帶脫下來，慢慢的走開。

米莉回到家。偏偏就在這個時候，外面下起雨來。

雨下得好大，什麼都看不見。

哦不！我到底做了什麼？

米莉馬上衝到玄關，套上她的雨鞋和媽媽那件大雨衣。

王子！

王子！王子！米莉用力呼喊。

王！子！

我真的好對不起你。

我們回家吧。

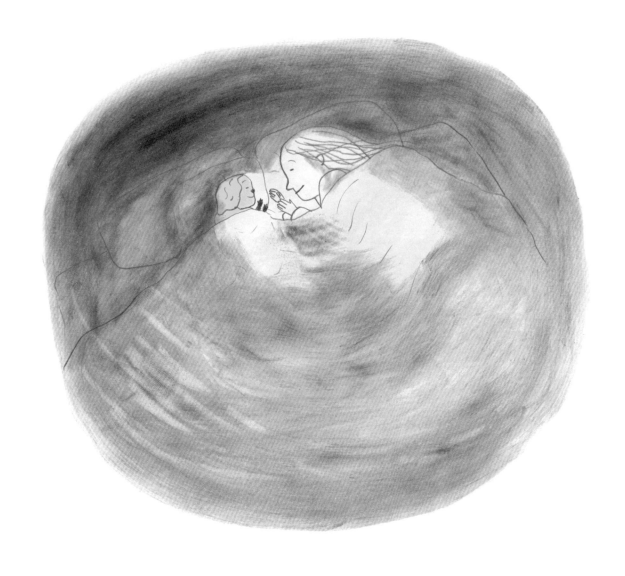

米莉幫王子擦乾身體。

媽媽做了他們最喜歡吃的菜。

他們躲進被窩。

最後，媽媽把燈關了，

輕手輕腳的離開房間。

好天氣回來了。王子和米莉出門散步。

*你們好。*一位老先生向他們打招呼。

您這隻狗極為罕見。

只有在日本一個小不隆咚的島上才能找得到。

只有天皇才能擁有這種動物。

這種犬名叫「島王子」，價值連城。您實在是太幸運了。

老先生把腰彎得更低了一點，向左看看，又向右看看，然後
用最嚴肅、最慎重的態度在米莉耳邊說：

這狗兒會和您說話吧？他向王子鞠躬，再向米莉鞠躬，

然後沿著小徑慢慢走遠了。

「你會說話？」

「是的。」

「你怎麼都沒告訴我？」

「我得確定妳值不值得信任。」

「媽媽咪呀，我的狗會說話耶！」

「妳是不是想把這件事告訴
汪汪俱樂部那些女生？」

「什麼俱樂部？」

「她們那麼勢利眼又那麼可笑。」

「我倒是很樂意逗她們開心。」

你還會做些什麼？米莉問。

王子回答：**讀書寫字我都會。**

帥呆了！那你可以幫我做功課！

哦不不不不！王子大力搖晃牠的小小腦袋瓜。

可惡！米莉笑了出來。

王子說：**但是妳想要的話，我可以唸故事給妳聽。**

米莉開心的大叫：**哦要要要要！**

— 完 —